I0683676

Ye

21100

ÉLOGE

DE

J. VERNET.

*Pièce qui a obtenu une médaille au concours
de l'Académie de Vaucluse.*

A PARIS,

CHEZ C. J. TROUVÉ, IMPRIMEUR-LIBRAIRE,
RUE NOTRE-DAME-DES-VICTOIRES, N° 16.

1826.

ÉLOGE

DE J. VERNET.

*Pièce qui a obtenu une médaille au concours
de l'Académie de Vaucluse.*

POÈTE voyageur, amant de la nature,
Oui, j'ai reçu tes vers ; leur chaleur douce et pure
Charme mon cœur flétri par mille maux divers,
Et ranime mes feux pour le dieu que tu sers.
Mais quoi! tu veux encor que ma main te décrive
Ce que ton vieil ami fait sur une autre rive!
Sans desirs à mon âge, et partant sans plaisirs,
De quoi vivrai-je, Armand, sinon de souvenirs?
Touchant presque le but de ma longue carrière,
Mon œil désenchanté se promène en arrière:

De l'âge que j'ai vu je retrace le cours,
Et de mes jours passés j'entretiens mes vieux jours;
Mon nom ne vivra point au temple de mémoire :
D'un guerrier qui finit écoute donc l'histoire.

Ton ami, cher Armand, naquit sur un vaisseau,
Et sa frêle existence eut ce frêle berceau.
L'Océan me tint lieu de nourrice et de mère,
J'y crûs comme une plante au sein de l'onde amère.
Enfant de l'équipage, on se plut à me voir
Intrépide au danger qu'ennoblit le devoir,
Maniant sans terreur et le fer et la flamme,
Suspendu sur les mâts ou courbé sur la rame.
Un marin que j'aimois pour son fils m'adopta,
Et j'étois près de lui quand la guerre éclata.
Déjà sur les deux mers nous volons à la gloire;
D'Orvilliers et Suffren enchaînent la victoire....
Quand le bruit de la paix arrêtant nos vaisseaux,
Et glaçant notre ardeur, nous condamne au repos.

Pour la première fois je quittois mon navire;
Tout à mes yeux charmés sembloit alors sourire;
J'étois dans l'âge heureux des plaisirs, des amours,
Dans ces jours, ô mon fils, si brillants et si courts !
Mais à peine sorti de cette folle ivresse
Où se plonge en riant l'imprudente jeunesse,
Je repris l'aviron, et ne l'ai plus quitté.
Depuis lors par les flots, par les vents ballotté,

Cinq fois j'ai parcouru les royaumes de l'Inde ;
Des eaux de la Baltique aux rives de Melinde
J'ai bravé tour à tour, navigateur hardi,
Et les glaces du Nord et les feux du Midi.
C'est ainsi, cher Armand, que j'ai vieilli sur l'onde ;
Tranquille, me disois-je, et délivré du monde,
J'y naquis, j'y vécus, j'y trouverai la mort.
Mais qui peut commander aux caprices du sort ?
Je touchois au bonheur.... j'arrivois à cet âge
Où l'homme de ses jours pense à jouir en sage,
Quand la goutte ennemie, avec ses doigts pesants,
Vint blanchir et courber ma tête avant le temps.
Dès-lors plus de projets, mon ardeur s'est lassée,
Mon bras s'est engourdi, ma langue s'est glacée.
Au terme de ma vie, et non de mes malheurs,
Je vois mes derniers jours condamnés aux douleurs.
Ainsi, dans un vaisseau reposent mon histoire,
Mes peines, mes plaisirs, mes travaux et ma gloire !

De l'empire des mers citoyen exilé,
Solitaire habitant d'un manoir reculé,
Bien qu'à peine sorti de plus de vingt naufrages,
Oui, je regrette encor les vents et les orages,
De mon navire ailé les braves matelots,
Et préfère cent fois la colère des flots
Au supplice éternel d'un repos qui me tue....!
Qui me transportera sur la noire étendue
De ce vaste Océan où je reçus le jour,
Ma première patrie et mon premier amour ?

Je ne verrai donc plus sur la mobile plaine
L'aquilon me prêter son inconstante haleine !
Il me faut à jamais renoncer aux hasards
De cette grande arène où partout mes regards,
De quelque noble fait rencontrant la mémoire,
Ont trouvé l'univers rempli de notre gloire !
Enfin, à me survivre en ces lieux condamné,
Éprouvant à la fois, sur mon lit enchaîné,
Les maux d'un corps malade et d'une âme flétrie,
Je maudirois le sort, je maudirois la vie,
Sans la mer qui du port charme encor mes loisirs !

Oui, c'est la source, ami, de mes derniers plaisirs.
J'aime, toujours fidèle aux goûts de mon enfance,
Le vaisseau suspendu sur l'eau qui le balance,
Et la mer à mes yeux variant ses tableaux,
Sublimes chaque jour et chaque jour nouveaux.
Qu'elle est belle à cette heure, où son onde tranquille
N'offre de toutes parts qu'une glace immobile !
Sa surface reçoit et reflète à mes yeux
Les astres de la nuit et la pompe des cieux ;
La lune verse au loin sa clarté monotone,
Et sur les vastes mers aucun bruit ne résonne.
Au pied d'un noir rocher qui commande les eaux,
Un groupe de pêcheurs allume ses flambeaux,
Tandis que de la nuit invoquant le mystère,
Un fragile canot glisse sur l'onde amère :
Il porte deux amants que de communs transports
A cette heure propice ont guidés sur ces bords.

Dans un esquif tremblant, qui du moins les rassemble,
Ils entrent sans terreur et s'éloignent ensemble.
Que j'aime à contempler ces flots silencieux,
L'horizon incertain et le calme des cieux!
Que j'aime à savourer dans sa magnificence
Le spectacle pompeux de cette scène immense!
Malheur à qui l'aspect de ces riants tableaux
N'a pu pour un moment faire oublier ses maux!*

Déjà tout a changé; que veut la multitude,
Qui de ces bords déserts peuple la solitude?
Elle fête son roi : le ciel à son amour
Devoit une mer calme et le soir d'un beau jour;
Mais les vents, qui de l'onde agitent la surface,
D'un orage ont semblé murmurer la menace.
Chargés de spectateurs, mille et mille canots
Se croisent à la fois et sillonnent les flots.....
Plus loin, sur des rochers qui bordent le rivage,
Et du temps et des eaux bravant le double outrage,
Un vaste monument élève dans les airs
Son donjon crénelé qui domine les mers.
Sur son sommet, propice au nocher qui s'égare,
Dès que tombe la nuit, s'allume et brille un phare;
Tandis que de soldats son large flanc armé
Lance au loin le trépas dans ses murs renfermé.
Étonné de se voir l'instrument d'une fête,
Il reçoit aujourd'hui les feux que l'on apprête,

Chaque astérisque désigne un tableau de Vernet.

Et bientôt dans les airs le salpêtre allumé
Jaillira pétillant de son sein enflammé ;
D'une arme dangereuse innocent artifice
Que tout un peuple enfant contemple avec délice. *

Le signal est donné, quand tout à coup paroît
Un vaisseau qui du port semble fuir à regret :
Il s'éloigne avec bruit ; mais la foule attentive
Au spectacle brillant qui l'attend sur la rive,
Ne l'a point aperçu..... Cependant mille feux
Voltigent dans les airs et se croisent entr'eux.
Ici monte et s'élève une étoile légère
Qui porte jusqu'aux cieux son orgueil éphémère.
Un trait vole à travers les ombres de la nuit ;
Un second aussitôt s'élance et le poursuit ;
Agités par les vents, ils brillèrent ensemble,
Et déjà l'Océan dans son sein les rassemble.
Le peuple satisfait applaudit par ses cris,
On ne voit que des jeux, on n'entend que des ris,
Et la rive, témoin de sa bruyante joie,
Redit encor les sons que l'écho lui renvoie.
Vers le ciel tout à coup s'échappe en tourbillon
Un globe..... Il trace au loin un lumineux sillon ;
Mais tandis que chacun le contemple et l'admire,
Il retombe avec bruit sur un vaste navire.
Un cri s'est élevé, funeste avant-coureur :
Le feu le long des mâts se dresse avec fureur.
En vain les matelots ont combattu sa rage,
Mille canots en vain ont volé du rivage :

Repoussés par les flots, repoussés par les vents,
Tous entendent des cris, de longs gémissements;
Et du feu qui s'accroît spectateurs inutiles,
Sur les flots agités demeurent immobiles;
Alors, à la clarté d'une affreuse lueur,
Va s'offrir à leurs yeux un tableau plein d'horreur.
Resserré sur les bancs et courbé sur les rames
D'un fragile canot qu'ont épargné les flammes,
L'équipage va fuir..... Foible et timide essaim,
Des femmes, des enfants devinent son dessein;
Ils volent à la fois..... On se jette, on s'élance
Sur ce léger esquif, leur dernière espérance :
Des parents, des amis se confondent les voix;
Mais la chaloupe étroite a fléchi sous le poids.
De farouches soldats, sourds aux cris, sourds aux larmes,
Renversent des vieillards, les frappent de leurs armes;
En vain ils conjuroient ces bourréaux inhumains,
Et baignés dans le sang, ils leur tendoient les mains;
On arrache la fille aux baisers de sa mère;
On égorge le fils protégeant son vieux père,
Plus heureux si le fer les eût tous deux frappés;
Et ces monstres, à peine au péril échappés,
Se sont chargés du poids d'un détestable crime!
Le trépas en tout lieu poursuit quelque victime.
Tandis que sur la rive, attentif et muet,
Chacun espère encor..... Mais déjà c'en est fait!.....
Les flots sont tout à coup inondés de lumière;
Sur le gouffre mugit un sourd et long tonnerre;
Le silence succède aux cris tumultueux.....
Ils ne jouiront plus de la clarté des cieux.....

De la barque , échouée aux confins du rivage,
On voit les assassins se traîner sur la plage ,
Des hommes et des flots évitant la fureur,
Fuir, éternel objet d'épouvante et d'horreur.
On voit , dernier témoin de cette triste scène,
Le peuple , de ces bords s'écarter avec peine ;
D'un spectacle de mort il éloigne ses pas....,
Pour cette fois du moins il ne le cherchoit pas ! *

Mais enfin la nuit tombe , et des feux de l'aurore
L'horizon incertain rougit et se colore ;
Chaque étoile s'éteint, et du pâle croissant
S'évanouit et meurt le flambeau languissant ;
L'Océan par degré des ombres se dégage ,
De la voûte des cieux réfléchissant l'image ;
L'onde , miroir fidèle , emprunte ses couleurs ,
Et reçoit dans son sein les humides vapeurs ,
Foible et dernier rempart qu'en sa fuite légère
La nuit déjà vaincue oppose à la lumière.
Cependant le soleil sur un nuage d'or
Laisse entrevoir son front qu'il nous dérobe encor,
Et son disque voilé qui lentement éclaire
De l'empire azuré la brumeuse atmosphère,
Semble d'un jour plus pur annoncer la splendeur ;
Tandis que de ses feux , rapide avant-coureur,
Le souffle du zéphir, ranimant la nature ,
Prélude à son réveil par un léger murmure.
Comparez ce spectacle à celui de nos champs :
Point d'hymne matinal , point de cris , point de chants ;

Tout est calme et se tait, rien ne distrait la vue
De ce vaste Océan , de sa morne étendue.
Seulement un navire arrête les regards ,
Agile monument du commerce et des arts ,
Ou bien quelqu'habitant des demeures profondes
S'élance , et ride au loin la surface des ondes. *

La tempête succède à ce calme enchanteur ;
Du mobile élément contemplez la fureur
Au bruit du flot qui gronde et du vent qui murmu.
Dans ce désordre affreux , je trouve à la nature
De sauvages attraits , une secrète horreur
Dont l'aspect imposant frappe et charme mon cœur.
Déjà je vois l'oiseau qui, rasant le rivage,
Jette dans l'air ses cris de sinistre présage ;
Le pêcheur , averti par ces accents connus ,
Retire ses filets à demi-détendus ,
Et tourne l'aviron de sa barque légère.
Des autans déchaînés la naissante colère ,
L'Océan qui s'émeut jusqu'en ses fondements ,
Et fait entendre au loin de sourds mugissements ,
Les nuages pressés sur le flanc des nuages ,
Tout annonce à la fois le plus noir des orages.
Mais voyez ce colosse élevé sur les mers ,
Que l'art dispute encore aux gouffres entr'ouverts ,
Qui tantôt sous l'abîme , et tantôt dans la nue ,
S'engloutit , reparoît , puis échappe à la vue ;
Au gré de l'aquilon par les vents ballotté
Avec peine il combat l'Océan irrité

Qui le presse déjà de montagnes mobiles ;
De ses voiles ont fui les lambeaux inutiles ;
Et dans l'obscurité, de rapides éclairs
Signalent sous les eaux les écueils découverts.
L'équipage succombe, et la vague écumante
Promène sur les ponts la mort et l'épouvante.
Le gouvernail échappe au pilote éperdu,
Son vaisseau sur l'écueil demeure suspendu.
Mais au milieu des flots de la mer qui bouillonne,
Dans ce gouffre bruyant que la mort environne,
Quel est cet homme ?.... Au mât son corps est attaché,
Du péril cependant son cœur n'est point touché ;
Oubliant le trépas, défiant la tempête,
Le seul amour des arts l'embrase et l'inquiète.
Dans cette vive extase il n'a plus rien d'humain,
Ses yeux sont animés d'un éclat tout divin,
Les vents ont dispersé sa longue chevelure ;
Immobile et muet, épiant la nature,
Étincelant du feu dont il est dévoré,
Si c'est un homme encor, c'est un homme inspiré ! **

C'est toi-même, ô Vernet ! la gloire de ton âge !....
D'une heureuse méprise ô glorieux suffrage !
Mes yeux ont oublié ton art et tes pinceaux ;
J'ai cru voir la nature en voyant tes tableaux :
Si de l'auteur enfin l'œuvre a pu me distraire,
Excuse de mes sens l'erreur involontaire !

** Tableau de M. Horace Vernet.

Sur celui qui des arts a mérité les pleurs
Moi-même je voudrois répandre quelques fleurs,
Et ce que son talent d'immortelle mémoire
A fait pour mon bonheur, le faire pour sa gloire ;
Le montrer, quand Louis donnant les mêmes droits
Au favori des arts qu'aux envoyés des rois (1),
D'un suffrage historique honora son génie,
Ou pendant ses longs jours foulant aux pieds l'envie,
Conquérant l'amitié de ses rivaux jaloux,
Jouissant le premier d'un triomphe si doux.....
Mais ma main connoît moins la plume que l'épée ;
Armand, tu raillerois ma foiblesse trompée.
Viens toi-même, ô mon fils, imitant ses tableaux,
Recherchant les couleurs de ses brillants pinceaux,
Viens, chante, et prouve encor ce qu'ont prouvé nos pères,
Que le génie inspire et que les arts sont frères !

Et d'ailleurs pour Vernet quel éloge plus beau
Que celui dont ses fils honorent son tombeau !
Que l'un de ces traitants dont fourmille la France
En mourant lègue aux siens sa superbe opulence,
Des guerriers valeureux leur gloire ou de grands noms,
Toi, Joseph, tu fis mieux pour d'heureux rejetons :
Comme aux fils d'un soldat on rapporte l'épée
Qu'il leur laisse en mourant, d'un noble sang trempée,
Gage dont une mère ornera leurs berceaux,
A tes dignes enfants tu transmis tes pinceaux,

(1) J. Vernet fut reçu à Versailles avec le même cérémonial
que les ambassadeurs.

De talent, de génie immortel héritage,
Qui du nom de Vernet, rajeuni d'âge en âge,
Chez nous perpétuant le noble souvenir,
D'un passé glorieux vient doter l'avenir.
Reçois donc, aux beaux arts famille toujours chère,
Reçois d'un inconnu cet hommage sincère.
Qu'un autre dans ses vers érige en demi-dieux
De grands seigneurs bien vains qu'illustrent leurs aïeux,
Vil flatteur, dont l'encens qu'à vil prix on achète,
Pour honorer un fat déshonore un poëte,
Horace, il t'est permis de tirer vanité
De ton illustre nom si dignement porté ;
Et ma muse, attestant sa gloire héréditaire,
Sans rougir peut louer et les fils et le père !

A. R. L.

(Extrait des *Annales de la Littérature et des Arts*, 307e livraison, tome XXIV.)

IMPRIMERIE DE C. J. TROUVÉ,
rue Notre-Dame-des-Victoires, n° 16.